백천 **김 재 근** 시집

# 기억에도 꽃은 피고

백천 **김 재 근** 시집

# 기억에도 꽃은 피고

**산사나무**

## 시인의 말

생명은
자연의 기운을 먹고
삽니다.

이른 봄
땅을 비집고 올라오는
연약한 풀 한 포기도
생명의 아름다움이지요.

시를 짓고
시집을 낸다는 건
맑은 공기
흘러가는 구름의

살아 있는 기운을 느낄 수 있는
평범한 일상이
소중하기 때문입니다.

자연과
가족 친구 이웃 등
함께 누릴 수 있는
모두

감사입니다.

2026년 1월
백천 김재근

# 목차

시인의 말 - 4

## 제1부 오늘의 행복

겨울은 - 13

원추리 편지 - 14

오늘의 행복 - 16

봄의 맥박 - 18

봄 축제 한마당 - 20

공간空間의 미학 - 22

입안에 감도는 행복 - 24

수타사 산소길 - 26

월류봉 - 28

별종 친구 - 30

길[道] - 32

# 제2부 비워야 쓸모 있다는 걸

곡우穀雨 - 37

월급도 안 주면서 - 38

재생 파티 - 40

왜가리 - 42

열대야도 만원이다 - 44

여름 손님맞이 - 46

배낭론 - 48

단비 - 50

인생 이야기 - 52

알밤 - 54

염천의 통증 - 56

폐교廢校의 아픔 - 58

# 제3부 마음 하나 보러

추고마비秋高馬卑 - 63

그 많은 태극기가 - 64

처서 지나고 - 66

마음 하나 보러 - 68

반계와 내포 - 70

추억의 밤 - 72

구시봉 구절초 - 74

건강 법칙론 - 76

백로 - 78

강변 풍경 - 80

## 제4부 빈 공간으로 내려앉는 이유

가을의 전령 - 85

청춘, 3년의 이름은 헌신 - 86

온고지신 - 88

거북샘 단풍 - 90

봉화산 가을 - 91

이상향 - 92

대야성 - 94

숫눈 - 96

자유 선언 - 98

화살나무 - 100

# 제5부 기억에도 꽃은 피고

불면의 시간 - 103

병아리 햇살에 - 104

설중매 - 106

기억에도 꽃은 피고 - 108

소금 예찬 - 110

여름 전송 - 112

척추관 협착증 - 114

설해목雪害木 - 116

좀작살나무 - 117

선달 표정 - 118

회자정리會者定離 - 120

경칩 - 122

제 1 부

# 오늘의 행복

# 겨울은

얼음 왕국을 다스리는
무소불위 권력의 소유자

온 누리를 백색정토의
순수한 꿈으로
한동안 세상을 정화하기도 했으나
언제까지 계속할 수는 없는 법
강함은 유연함을
이길 수 없었지

장기 집권에
태양의 노여움과 민초들의 아우성으로
속박하던 봄을
놓아 줄 수밖에 없었다

그도 결국
부드러운 여인의 숨결 같은
봄의 향기에
청순한 꽃 선물이 그리웠던 것이다.

# 원추리 편지

겨울이 늙어서
눈물짓는 경칩에
개구리보다 일찍 마음의 속박에서 벗어나
애절한 사랑을 찾으려는
청순한 한 여인이 있었지요

조선시대
북한산성 쌓는 일에
사랑하던 남편이 군에 징집을 갔었지요
만나고 싶어
가슴뼈에 금이 간 여인이
수천 리 길을 걸어서
면회를 갔으나 군문에서
거절을 당했지요
낯선 땅에서 몇 달 며칠을 기약 없이 기다리다 지쳐 있는데
어느 여름날 환영幻影으로
만나는 기쁨이 샘물로 넘쳐났지요 그런데 그게
애기소 연못이었지요

천상의 그녀는
가슴 시리도록 그리운 사람을 위해
해빙이 되자
곧바로 일어나
샛노오란 사람의 원추리 꽃으로
그가 머물고 가는 곳마다
편지를 뿌렸지요

촛불 같은
사랑 편지를

# 오늘의 행복

오월의
첫 새벽이 열린다
여명黎明에
상쾌한 바람의 문안 인사에 까치가
노래로 잠을 깨운다

어제
별이 된 사람들이
파아란 하늘과
꽃바람에 넘실대는 푸른 들판을 맛보면서
가족들의 얼굴을
한 번 더 새기고 싶어
갈망하던
오늘

가족이 지어 준
따뜻한 밥 한 공기에
모락모락 사랑이 오르고

이웃과 친구들과 주고받는 소소한
안부의 카톡 인사에

새로운
하루의 꿈이
온 가슴에 나래를 펴고서
활짝 열린
마음으로 들어오는

# 봄의 맥박

봄의 혈관이
에움길을 돌아오는
입춘에

창백한
우듬지에서 발화하는
생명의 숨결

미세하게 떨리는
그것은
님이
숨죽여 오는 소리

그것은
첫 울음
새 희망
새 생명의 맥박

긴 겨울
화석의 마음을
지우기 위한
혼의 표정이리

# 봄 축제 한마당

겨울을 물리친
여운을 과시하려는지
봄의 여명에
꽃들이 단체로 꿈의 향연을 펼친다

잠자던
생강나무가 먼저 일어나고
엿보던 진달래도 덩달아 분홍빛 축제다
드디어
산벚나무들
청사초롱보다 은은하게 등불을 켜더니
만산滿山에 폭죽 세례다

때가 되면
자신들의 개성으로
다양하고 슬기롭게 축제하는 그들
산은 대체
얼마나 많은 축제들을
준비하고 있는가

그들은
변신의 달인
생명들의 기운을 돋으며
가슴을 설레게 하는
봄 축제 한마당

꿈의
연주자들

# 공간空間의 미학

하늘을 보라
새도 바람도 구름도 거침없이
날아다니는

가슴이 확 트이는
그곳은
누구나 꿈을 누릴 수 있게 열려 있는
자유로운 곳이지

한 장의
백지는
오늘의 꿈을 그릴 수 있는
즐거움이지

빈 그릇은
무엇이든 담을 수 있는
희망이지

빈 땅은
살며시 솟아오른
연둣빛 새싹의 새 생명을 담아내는
여백이지

공복에
먹는 음식은 맛도 좋지만
배가 부르면
산해진미도
보기 좋은 그림에 지나지 않지

지금은
부족함이 부족한 세상
여백과 여유 그게
약인 시절

# 입안에 감도는 행복

새하얀
웃음꽃 잔치다
건들바람의 추임새
춤사위가 온 천지를 신명나게 한다

한여름 뙤약볕
사막의 습기도 달아난 곳에 철 지나
심을 수 없는 땅에 천대받던
마지막 종자로 뿌렸겠다

짧은 생이지만
그리고 어찌 삶의 눈물이 없었을까

미운 자식 보듯
얼굴 한 번 내다보지 않고
내버려둔 지 45일 만에
스스로 그린 순백의 수채화로 빚어내어
꿀벌 잔치를 하고 나니

거둬들인 그 이름
메밀이라

자신보다
인간을 사랑한 영혼
옷을 벗긴 하얀 몸매 소담스럽기도 하려니와
염천에 흘린 땀에는 무엇보다 반한
인기 만점

입안에서
감도는 행복
냉면이라 이름하리

# 수타사 산소길

곡신불사谷神不死라 했던가

공작산 계곡을 휘돌아
흐르는 강 건너 숲속 고즈넉한 절집
《월인석보》를 보물로 간직한 수타사

추적추적 내리는 비에
물길 따라 올라온 추녀 물고기 풍경을
바람이 울리는 곳
나무들 도란도란 이야기 나누는 산소길 따라
강물이 굽이도는 우렁찬 귕소
그 물이 바위를 타고 흘러든 용담 소沼에
스스로 적요寂寥의 배를 띄운다

산소길 강물도
한 생을 끝없이 걸어가는 길이다
급한 물살도 되어 보고
고요한 호수에서 유유자적 낭만도 즐겨 보면서

묵묵히 정진하는 수행의 길

이미 득도했음에
정희왕후와 세조의 인연을 맺은 수타사의
대적광전 부처님은
오불관언吾不關焉이다

# 월류봉

화선지에
두루미 한 쌍이
검은 먹 한 점 듬뿍 찍어
탄생한 절경

우뚝 솟은 산과 바위들
굽이돌아 흐르는 강물 위
군자의 자세로 앉은 정자의 기품에
화룡점정의 달빛이 빚어낸
완벽한 조화

그대는
방문객들이
일생을 살아오면서
마음에 쌓여진 갈등과 체증을
잔잔한 미소와 환한 기운으로 넉넉하게
치유하며 다독이는
치료의 달인

밤이 깊어도
흥이 난 사람들
물속에 잠긴 몰아沒我에 신명이 나
스스로 시를 지으며
떠날 줄 모르는
정경

보라!
월류봉 너는
마음을 치유하는 의사
세상의 티끌 하나도 지운 몸
언제나 푸른 마음의 청춘을 넉넉하게
전해 오려니

# 별종 친구

사람은 관계의 존재
혼자서는 외로워서 살 수가 없다
즐겁거나 어려울 때
정을 나눌 수 있는
이웃과 친구가 있어야 울타리가 된다

오래 사귄 친구가
모두 좋다고들 하고 있는데
내가 지탱하고 의지하는 몸에도 친구가 있다
좋은 친구라야 하는데 가끔은
심술부리는 성가신 친구들
척추관 협착증
무릎 관절통

이별하려 하지만
어쩔 것인가 모두 오랜 친구인 것을
한 지붕 아래서
주인 행세를 하니

한마디로
못된 죽마고우들

친구 사이니
그러려니 할 수밖에

# 길[道]

생명은
태어나면서 저마다 삶의 길을 가게 된다
인생이란 여행길을

앞을 보면 먼 길이고
돌아보면 참 짧은 추억의 길이지만
또 가야만 하는
길이란 단어 하나에 무수히 딸린 식구들

선조들이 살아온 길과
내가 가야 할 길이 있는가 하면
부모의 길, 자식의 길, 부부의 길, 친구의 길
직업의 길도 있지

바른길, 넓은 길, 골목길, 뒤안길, 에움길,
언덕길, 산길, 심지어는 벼랑길도 나타나며

사람답게
살아가는 힘을 주는
노자 장자 석가 예수 공자 소크라테스 등이 제시한
방향의 길도 있지

가는 방향에 따라
달라지는 종착지
생각 없이 달리다 보면 엉뚱한 곳이
나오기도 하지

생명이 있는 한
바른길
최선의 길을 가야 하는데
사람들에게 도대체
그 길이란 무엇일까

제 2 부

비워야 쓸모 있다는 걸

# 곡우 穀雨

하늘이
쩍 갈라지고 땅이 내려앉는 괴성
우르릉 쾅쾅
어두운 밤에 모든 걸 날려 보낼 듯
비바람이 거세게 몰아쳤다

4월도 하순에 드는 날
라일락은
봄 향기를 가득 쏟아내는데

이유 없는 행동은 없었다
메마른 대지에
풍요와 녹색의 정원을 만들기 위해
잠자는 생명들을 깨우기 위한
하늘의 호령이었다

살아간다는 건
하루하루를
새롭게 창조하는 것이라고

# 월급도 안 주면서

가을부터
한겨울 지나 늦봄까지
창고 어둑 깜깜한 곳에
온몸이 묶여서 숨 한 번 제대로 쉬지 못하고 지냈는데

날씨가 덥다고
6월 어느 날을 시작으로
갑자기 불러내어선 냅다 눈알이 나오도록
돌고, 돌고 또 돌도록
일만 시키면서

월급은커녕
밥도 주지 않으면서 미안한 기색도 없는
인간들

그래도
불평 한 마디 없이
오늘도 시원한 바람만 몰아오는 착하디착한

심성을 가진
나를

주구장창 일만 하다가
이제 늙고 병들어
조금 쉬었더니 더 이상 쓸모없다며
추방당하는 아픔을
그대는 아는지

부채를 바라보는
선풍기의 한숨 소리를

# 재생 파티

나이가 들면
비워야 산다는 말 제대로
실감이 난다

화요일마다
모이는 장소가 정해져 있지만 속을 비워야
만날 수 있는 친구들

한때는
기쁘고도 행복한 청춘으로
대접받는 그들이었는데
사용 기한이 지나니
비가 오는데도
집게차가 한꺼번에 쓸어 담는다

돌림이 빈 자字인
빈 병, 빈 캔, 빈 상자, 빈 페트병
그들은 알고 있었을까

비우면 버려지는 게 아니라
이름표를 얻는다는 걸

비워야
쓸모가 있다는 걸

그게 바로
생명인 것을

# 왜가리

묵동천 실개천에
발을 담근 왜가리 한 마리

냇물이 민망하여
고개를 돌리도록 뚫어져라
주시하고 있다
한 끼의 식사를 위한 집념
정신일도하사불성精神一到何事不成

생각 없는 송사리가
저들끼리 햇살에 배를 반짝이며
놀이에 취해 있을 때
그때
왜가리는 꼭 찍어 보상받는다
한순간이
생사의 갈림길이다

몸이
생각을 지배하는 일이
습관이 되면
몸이
원하는 대로 살아질 것
같다

# 열대야도 만원이다

7월 하순
말복도 아닌데 염천이다

아침 6시
전철은 벌써 피서객으로 가득하다
37~8도에
종일 에어컨의 기운을 빌리기도
미안한가 보다

무더위에
새벽부터 산에 오른다
모처럼 올랐더니 산 정상도 시절을 아는지
한 점 바람도 인색한 신선대
사람보다 눈치 빠르다

올 여름의
최고 인기는 계곡물 피서인데
계곡물도

바닥에 숨었다 나왔다 하는 것을 보니 역시
잔뜩 더위를 먹었나 보다

연일
한여름에 삶아지는 세절 옥수수

계곡도
열대야도
만원滿員이다.

# 여름 손님맞이

더위를 먹은 하늘도
희극喜劇의 이중구조인지

오랫동안
만나지 못한 연인들
사랑의 열병에 시샘하듯 갑자기 쏟아지는
발화發話

당황한 사람들이
펼쳐 든 우산에서 피아노가 연주되고
난타공연이 되기도 한다

낙수가
시간의 초침을 돌리며
공연이 현란할수록 주변의 소음도 멀더니
그리움에 허기진 연인들 만남처럼
격정의 순간이 지나고
어느 정도 마음이 풀렸는지

풀어진 틈으로
반짝 웃는 햇살에
몸을 낮춘

소나기 축제

# 배낭론

누구나
먼 길에 동행하는
생의 업보
이 안에 얼마나 많은 시공간이 담겼을까

인생의
무게를 메고 다니면서
나를 찾아가는 길이기도 한 이것은

강물 같은 생生에
인연의 끈으로 삶을 꽃 피우기 위해
씨실과 날실로 잣는
영원한 옷감

사회의 일원이란
이름표를 달고
기쁨과 모험
자아성취의 멋에 책임과

의무를 더한

생명력의 본산

# 단비

언제부턴가
그가 오기를 손꼽아 기다렸다
오랜 동안 못 본 기다림이 염천의
소화기였다

정말
소식도 없이 다가왔다
새벽부터
창문을 두드리는 소리
만남의 기쁨
눈물이
처마를 적시고 어깨동무하듯
작은 도랑이 되어 종종걸음이었다

연인의 마음으로
지상의 숨 쉬는 모두에게 생명수로 보듬었다
목이 탄 산속의 나무들
끊어진 계곡물에 갇힌 버들치들도
한 아름 선물을 받았다

자연에
한 점 기여한 적 없는 나도
감사感謝하게 받았다

# 인생 이야기

산
여기에 길[道]이 있다
굴곡의 고비마다
땀이 없으면 가까운 이웃도
접근 금지다

산은
아버지의 품이다
엄격하게 보이지만
다가가면
뜨거운 가슴으로 말없이 품어 주는

한 발 한 발
마음 비우며
계곡의 물소리 새들의 합창에
힘들어도 스스로 인내하며 오르다 보면
바위가 좌정하고

풀과 나무들이 어깨를 마주하면서 살아가는
정겨운 세상인데

구름도 휘돌아 넘는 곳
더 이상 오를 곳도 없는 무심無心의
정상
그곳에서 내려다본 사바세계는
시계바늘이다

어디로 가려는지
줄 이은 자동차가 종종걸음에
티끌이 층층

# 알밤

처서를 몰고 온 소나기가
하늘을 잡아당겼다

바람과 구름
햇볕이 한데 어울려 떨어졌다

창문도 없는 좁은 집에
갇혀 사는 게 싫었다

가시에 둘러싸인 열매가
세상 구경하려고 몸부림쳤다

땅을 미처 구경하기도 전에
다람쥐가 주인이라며
잽싸게 잡아가기도 하지만

그래도
시도하지 않으면 얻을 수 없는 꿈
탈출의 성공

성년成年
자유의 첫 탄생
그 단맛

# 염천의 통증

더위도 더위를 먹는
한증막의 날씨

산기슭 4열종대로
긴 줄을 선 메주 콩밭이
한 여인의 일생을 지탱해 준 생명의 터전이었지
아침부터 땀 흘리며 정신없이 일을 하는 사이
무쇠솥 열기에 맥없이
쓰러졌단 팔순 어르신

불타던 태양도
그 소식이 안타까운지 구름을 불러
순식간에 눈물바다를 이루니
푸른 산이 염치없이
옷을 벗어 계곡에다 화풀이하는데
놀란 매미도 울고 그 등쌀에
집도 둑도 무너지며
논밭은 물바다

산도 강물도
팔십 년의 역사도
태양이 정성으로 지어낸 도토리도
제 무게를 감당하지 못한 염천
7월의 역시

생명을
품어 안은 시간이
또 한 고개를 넘고 있다.

# 폐교廢校의 아픔

언제부턴가
학생이 없어 폐교된 학교
주인공들이 떠난 운동장
인적 끊어진 쓸쓸함에
견디다 못한 화단에 하나 둘 차지한 잡초들
이제는 그들이 주인 행세네

방치한 학교 측 탓인가
아니면 연약한 화초의 탓인지
억센 힘의 완전 승리네

폐교에
잡초는 무성해도
사람은 함께라는 공동체의
울타리 내에 존재하지
아이가 자라서 어른이 되고
가족과 친구, 이웃간의
인간미人間味는 살아 있다는

생명의 울림이지

성선설에 의하면
사람에게는 측은지심惻隱之心, 수오지심羞惡之心이란
그 하나 징도는 가지고 있다는 것
하지만 돌아보니
아이들도 인간미도
폐교

여기
떠나간 청년들
학생 없는 학교 폐쇄로 배울 곳이 없는 게
그 원인인가?

제3부

마음 하나 보러

# 추고마비 秋高馬卑

마루가
시리도록 파아란 마음으로
내려다보니
대지는 온통
황금색 웃음의 얼굴

먹지 않아도 배가 그득
충만한 기운이다

나뭇잎에 숨어
보일락 말락 홍조 띤 수줍은 사과에
황금 단감들도 성숙한 아가씨의 모습
더 부러울 것 없는 오늘

햇살 고운 오후
더넘바람에
구절초가 웃는 날
창공을 펼친 백로 한 쌍이 풍경에
취해서 지은 이름

# 그 많은 태극기가

언제나
변하지 않는 향수
장목항 푸른 바다가 좋다며
꼭 한 번 놀러 오라던
그 친구

일주일간의 항해航海
바다와 하늘이 번갈아 보이는 배를 타고
함께 월남 전선으로 떠났는데
부산으로 향한 귀국선에서 그를 찾아보니
모습을 볼 수 없었던 전우
전우여!

조국의 부름에
꽃보다 고운 아내
젖먹이 아들 하나 두고
군에 입대했다던 사연은 그 가슴 마디마디
아리고 아렸지

지금 그대는
유월의 하늘에서
조국의 산하를 굽어 살피시는
호국의 영령

오늘의 조국은
그때보다 바닷물만큼 풍족해지고
무궁화와
붉은 장미도 활짝 웃는데

현충일이
휴일이라고
승용차로 즐겁게 여행은 가도
집집마다
게양되는 태극기가 아쉬운
오늘 하루여

# 처서 지나고

마음에
몸을 실어
산에 오르니
잠자리가
몰고 온 하늘은 날로 파래지고
밤송이 가시도
날마다 청년으로 자란다

산새들
저들끼리 모여
가을의 희망을 노래하면 철이 든
각종 열매들도
시샘하듯 성숙해진다

처서 지나고
벼들이 고개 숙이니
무더위도
내 인생도

예전과 다르게
어느덧 힘 빠진 노년이다

# 마음 하나 보러

내가
여름 산에 가는 건
속세를 밀어낸
세상에서 가장 작은  천상 화원을
만나러 가는 것

한여름
뙤약볕 물기도 없는
바위틈 한 줌 땅에 뿌리 내려도
바람과 구름
하늘이 그린 수채화를 즐기며
웃음을 짓는
양지꽃

무소유와
비움을
몸으로 보여주는
의지

내가
여름 산에 가는 건
속세를 밀어낸 그 마음을
사귀려 가는 이유도
하나지

# 반계와 내포

어릴 적
시냇가 옥류가 맑은 웃음 지으며
송사리와 함께 수영하며 놀던 아이들
두둥실 태워서 흘러가던 곳

들판에 물레방아도
물과 함께 신나게 소꿉놀이하면
삐거덕 삐거덕 장단 맞춰 돌고 돌면서
귀한 쌀을 하얗게 쏟아내던 잊지 못할 정경들

진달래가 꽃피우던
옥녀봉과 뒷산 아래 들판이
파도로 출렁이며 자라나던 곡식들이
꿈을 불러와
푸르른 희망을 샘솟게 하던 터전이었지

설 명절이면 일가친척들이
대청에 모여 차례를 올린 후 집집마다 찾아다니며

웃어른에게 세배를 드리던 정겨운 풍경들
동네 처녀 총각이
시집 장가를 가면
온 동네가 내 집, 내 가족처럼 도우면서 잔치를 하던
그때가
이웃을 사랑하고 인정도 풍년이었던 시절

고향 떠난 지 수십 년
세월이 가니
높은 산도 낮아지고 살던 집도 친구도 떠난
그리움만 남았네

# 추억의 밤

20대 청년이
달랑 발령 통지서 하나 챙겨서 서울에 왔던 날
대구에서
깊이 잠든 가족 뒤로 하고 무작정
밤새 걷는 누에의
석탄 열차를 타고서 내린 곳은 서울역
몽롱한 새벽 4시였지

출근 시간까지
시간의 여유로 인천행 통근 열차에 몸을 실어
여명에 생동하는 넙치와 우럭의 고향 풍경에 취하다
다시 향한 서울역

긴장된 9시의 첫 출근
낯선 직장에서 바람으로 하루를 보내고

이방인으로
서울의 첫날 밤

남산에 올라보니 온 천지가 야광 꽃으로 가득한데
어디를 둘러보아도
내 한 몸
누일 수 있는 곳은 그 어디에도
없다는 생각에

밤하늘의
수많은 별들을 늦도록 보고 또
쳐다보았지

정든 고향집에서도
주름진 어머니가 떠나간 아들을 생각하며
바라보셨던
그 별들이 지금도 반짝이는데
어머니는 이제
그 별이 되시고

# 구시봉 구절초

백두대간 구시봉
일천 미터 높이의 가을 숲속에
전세를 낸

한줌 땅에
용케 내려앉은
바늘 햇살을 구원의 밧줄 삼아서
한 가닥 생명으로 자라난
가녀린 몸
한 포기

오가는
바람 길에 자리 잡아서
뭇발길에도 웃고 있는 청초함에다
하늘 아래 홀로
외로움 간직한 채
말없는 함성으로 힘들게 밀어올린 꽃이여

전설의 망부석처럼
오늘도 무엇을 위해
길게 목을 빼고 누구를 애타게
기다리는지

시간이 가고

삶이란 오늘보다 내일의 희망을
기다리는 것

# 건강 법칙론

웃음의 즐거움은
누구나 원하는 건강의 샘에서
솟아오르지

예전에는
보리죽도 못 먹어서 누렇게 떴어도
허허 웃으며
수십 리 길쯤은 걸어서 다녔는데
지금은
편리한 자가용 기름진 음식에 스트레스와
비만이 만병의 근원으로
지상명령은
불순물을 비우는 일이지

무한불성無汗不成이란 말

비워내야 성공하는 건강은
야채와

맛없는 두부면豆腐麵에 들깨 첨가가
제격이라는데

한 번 움켜쥔 손은
놓기가 힘이 드는 법

그러고 보니
수요는 공급의 모친이라 했던가

# 백로

여름이란 황금기를
살찌우던 햇살이
어디로 와서 어느 곳으로
가는 것인지

이들의 사랑으로
영원할 것 같던 모기도
술 취한 아침

몸을 불린
도토리 하나 툭 떨어진다
밤이슬에
날개 젖은 매미도 외침이
녹아내리는 시기에
사람들은 아직도 무더위에 세상 가는 줄
모르는데
바람이 알밤까지 불렀다

뜨겁게
달구던 사랑
그 인심이 돌아서니
길 떠날
채비하던 백로가
호수에서 물어온 두 글자

가을

# 강변 풍경

늦가을 갈대가 풍경으로
채색된 강물이 저물고 있는데
한 사내가 강변 풍경으로 서 있다

밤을 낮처럼 살았다
이십여 년간
정열을 쏟아내었던 사업장이 불황으로
사라질 위기에
옭아오는 마음도 정하지 못한 서러움을
덜어 내는데 강물도
철썩철썩 울음을 안고 흐른다

수많은 여울과
지천의 사연을 합하여
여기까지 흐른 강물도 말이 없는 걸 보면
슬픔도 포용하면
위로가 되나 보다

다시
이루지 못한 꿈이 다독여진다
가족들 얼굴이 모인
아버지라 부르고 있는
집으로 향하는 길

불지 못해
서러운 바람도 잠자는
어둠이 격려하며 서서히 품속으로
껴안고 있다

제 4 부

빈 공간으로 내려앉는 이유

# 가을의 전령

낙엽이 진다
아기들이 조막손으로 가을을 줍는다
웃는 얼굴에
화살나무 붉은 얼굴도 따라 웃는다

낙엽이란
쌉스레한 단어 한 마디
그 위력이 세상을 물들게 한다

스스로
때를 알고 안녕하며
무성음으로 이별의 손을 흔드는

비움의 사유에다
시간도 압축하는 마력을 가진
그들

# 청춘, 3년의 이름은 헌신

국토가 이등분된 곳
남과 북이 대치하는 최전방 철책선

별이 총총한 밤에
이물질 같은 북한 방송이 들리면서 철조망 너머
북한 초소와 마주보는 그곳

이병에서 병장 36개월에
군 생활 마칠 때쯤
부모님들이 삼 년 동안 가슴앓이 하실 후배
신병들이 내무반에 들어왔다

두툼한 방한화에도
얼어 터질 듯 발이 시린 삭풍의 혹한에
초승달의 서러운 밤과
염천을 지낸
인내의 3년 시간들이
주마등처럼 스쳐간 추억에 그들이 겪을
통과의례들

자유自由
그게 그립고 또 그리워서
하루가 일 년 같았는데
이 청춘들은 황금의 시간을 이곳에 바치고
언제 복무를 마칠까
가슴이 아렸다

지켜야 할
조국의 자유와
내 가족, 내 이웃의 안녕
그 하나를 위한
시간
시간의 초침들

# 온고지신

백제가
멸망의 마지막 자웅을 겨루던
임존성 이야기

"평화를 원한다면
전쟁을 준비하라"

로마의 베게티우스가 한 말을
선조들은 몸으로 체험했던가

육백 년을 이어온 사직을
속절없이 잃으매
분기탱천한 장수들이 구국의 깃발 아래
한마음으로 뭉쳤을 땐
나당연합군도
삼 년간 범접을 못했는데

슬프다
내부 분열이여!

사기충천하던 지도부가
자리다툼의 틈새로
허무하게 무너진

구국의 충절이
시리도록 애달프구나

# 거북샘 단풍

가을의 능금처럼
홍조紅潮 띤 얼굴
제대로 철들었네

깊은 산
청정도량의 독경 소리 새기며
홍진紅塵에 물들지 않고
늘 푸른 마음으로 살아오더니

늦가을
무슨 부끄러움이 있어 저리도
홍안紅顔이 되었나

사바 세상에
펼쳐진 미세먼지 현상에
아픈 중생들 대신
스스로
가슴이 붉게 내려앉나 보다

# 봉화산 가을

모처럼 데크길을 걷는다
항상 젊음을 자랑하던
푸른 잎의 나무들
노오랗게 변색하고 내 안으로 들어온다
가을이란 이름표를 달고서

청춘일 땐 몰랐는데
이제야 빈 공간으로 내려앉는 이유를

계절이란 변화는
멀리 떠나온 자신을 다시 한 번
되돌아보게 하는 법

가을은
생의 시간을 소비한 나에게
사유의 선물에다
마음까지 단풍

# 이상향

미세먼지 사바 세상에
온 나라가 시끄럽다

오늘의
콜럼버스와 마젤란이
찾아 헤매는 낙원은 어디일까

눈으로 그린 회화
하늘과 바다가 맞닿은 소실점에나
존재할까

섬 한가운데
백설이 완성한 노오란 복수초 군집들
맨발에다
차가운 햇살에도 웃는다

그가 전하는 말은
일체유심조 一切唯心造

겨울이 아직도 머문
이 자리는

# 대야성

신라 천년의 역사를 쓴
합천의 낮은 산봉우리에
황강을 친구 삼아
말없이 세상을 조망하고 있는 곳

한때는
죽죽竹竹*의 이름으로
충성이 무엇인지 깨우쳐 주는 군사들
드높은 함성이 산과 강을
뒤덮던 천지

지금
연호사 함벽루 아래
석양은 강물에 드리우고
그때 흐르던 강은 오늘도 삶의 젖줄로
백사장을 드넓게 펼치고 있는데

세월은
성을 흔적도 없이 허물어
한 편의 역사 이야기만
전하네


\* 삼국시대 신라의 대야성(大耶城: 지금의 경상남도 합천) 전투에 참전한 관리로
  백제군에게 함락될 때 최후까지 싸우다가 죽었다.

# 숫눈

어두운 밤에 만개한 설화雪花

높고 낮음 없이
골고루 보시하며 혼자서
세상을 정화하려 묵언수행 중이다

축복이었다
바위와 나무에도 나누어 주었다.
자신의 무게에 축복의 무게를 더한 소나무
허리가 부러졌다 손발이 상처 나서 수십 년 생명이
순간에 지워졌다
다른 나무는 멀쩡한데
잎을 많이 달고 있는 소나무만 문제였다

온몸을 바쳐 헌신하려 했는데
순수한 마음이 도리어 해를 끼쳤다
살신殺身의 혼으로
모든 생명들에게 생기를 넣으려고 했는데

미안하고 안타까워 그만
몸을 녹여
흔적 없이 사라지기로 했다

아직 순백의
순수의 빛을 밟고 가는 사랑하는 사람아
한번쯤 우리들의 삶을 어루만지며
그 마음
생각해 볼 일이다.

# 자유 선언

언제나
순종만을 좌우명의 미덕으로
살아왔다

눈이 와도 비가 와도
무거운 짐을 어깨에 메는 걸
숙명 삼아 한평생
행복하단 말을 전했다

이제
나이테 쌓이고
참을 수 없는 통증으로
사직서를 내야 할 형편이다

즐거웠던 추억은
정겨운 선물로 간직하며 주인의
소유에서 해방되어야지
억척스레

충성하며 견뎌낸 그간의 노고에
앞으로는 자유로운 영혼으로
살고 싶다

하지만
어찌할 텐가 주인과 내가
한 몸이니

자유, 자유, 자유.

입이 목숨 줄이라
그게 쉽지만 않다는 걸 알면서도
선언한
내 마음을

# 화살나무

앳되고
수줍게 홍조 띤 얼굴
누구보다 먼저
철이 들었구나

봄에는
제일 먼저 나와서
홑잎나물로 적선하더니

온여름
뜨겁게 연모하다가
가을이란
두 글자에 홀로
타는 외로움

정겨운 추억에
온몸으로 물들이는 순정의
네 모습

제 5 부

# 기억에도 꽃은 피고

# 불면의 시간

한여름
무더위에 폭풍우 일더니
흙탕물이
온 대지를 덮는다

깨끗한 신발을 신어도
생각 없이 흙탕물에 들어가면
대책 없이 휩쓸리게 된다

푸르게 성장하며
땀 흘려 열매를 맺는 계절에
폭우가 삼킨
오늘의 결과물

언제쯤 태풍이 지나
맑고 깨끗한 하늘을
볼 수 있을까

# 병아리 햇살에

고드름이 열리던
옛 고향이 그리워서 무작정
농촌마을 하촌에
가 보았다

오래된
기와집의 늘어진 감나무에
마지막 붉은 감이 떨어졌을 담장 아래
할머니 세 분이
병아리 햇볕을 쬐고 있다

80여 년 동안
세상 이야기를 담은 얼굴에
지난 삶을 비빔밥같이
함께 비비고 어울리는 이웃으로
서로 기대어 앉아 정을
나누는 곳

고독이
밥으로 느껴지는
인적 드문 마을에 찾아든 길손이
안부 말씀 드리니
사람이 그리운 할머니들
미소가 둥근달이네

오늘따라
바람도 고요가 깃든 마을에
추억을 찾아 내려온 햇살이 유난히 따뜻한
풍경 한 점

그 안에
객지에 나간 자녀들을 그리워하는
정겨운 어머니가 있다.

# 설중매

모두가 잠든 밤사이
봄 선물을 한 아름씩 주셨다

한겨울 내
눈꺼풀이 얼어붙은 나무들은
미동도 없는데

추위에 떨게 했던
심술이 미안했던지
온 누리에 잘 그려진 풍경화
백색 정토淨土를 펼쳤다

우수雨水에 내린
서설瑞雪이라니

설레임의 봄, 그 맛
설중매의 멋이라고 해야 하나
음악도 전주곡이 있어야

감미로운 법

그 낭보朗報다

# 기억에도 꽃은 피고

머리가 깜박이를 켠다
안경을 곁에 두고도 오리무중이다

자연도 계절을 잊었는지
11월도 지난 초겨울에
진달래와 개나리가 외롭게 봉오리를 올리더니
소한小寒에 이슬비 선물膳物이다

한여름
전통의 고옥과
한 폭 그림으로 어울리며
백 일 동안 선비들의 마음을 담아내던 꽃 이름
목백일홍은 생각나는데 언뜻
달아나 버린 이름
배롱나무, 자미향, 간지럼나무

그래도
봄마다 나이테 쌓인 고목에도

꽃을 볼 수 있는 즐거움과
해마다 경칩이 오면
한강의 지류 안양천 하류를 어김없이 뒤덮는
숭어들을 볼 수 있는
봄이 가져다주는 희망의
선물에다

어린 시절
배고픈 줄도 모르고 또래 아이들과 냇가에서
물고기 잡다가 고무신 한 짝이 떠내려가서 혼난 추억은
아직도 금빛 나는 추억으로
피어오르니

# 소금 예찬

푸른 바다는
언제 보아도 시원하고 변함없는 맛의 원조지
김치도 된장국도
간고등어도 소금이 없으면 안 되는

아침에 일어나면 제일 먼저
소금을 친구 삼아 10여 분을 입에 물고 함께 지낸다

젊었을 때
치아를 잘못 관리하여 한 개씩 잃고 나면
그때마다 치과에서 3개의 브릿지로 덮어씌워지던 시대가 있었지
그렇게 해서
입안에 비싼 자동차 값이 들어갔는데 시간이 지나면
또다시 잇몸이 불편하고 고통스러웠지

소금이
방부제라는 걸 알고부터

입안에
소금을 넣는 걸 습관화 하니
정말 궁합이 좋은 줄 이때서야 알았지
상쾌한 봄바람이 불어오는 것처럼
더 이상 아프지도 않았지

음식 맛은
건강한 치아가 결정하는 법
그는 짜고 맛도 없지만 누가 뭐래도
치아를 지키는 좋은 친구지

편하고도
정갈한
세상의 방부제

# 여름 전송

태양이 아직도
정열을 불태우고 있는 8월 말

갈 길이 바쁜 매미가
애처로이 울고 있어도
어느새
성장한 계곡의 물봉선화가 수줍게 웃는다
가을이 오는데
분홍 립스틱의 그녀가
누구를 연모하는지
물가에서 맴돌고 있는 정경이
그림보다 더 곱기도 하지

여름 내내
땀 흘리며 몸을 살찌운 알밤과 도토리도
세상 탐색을 준비하는 모습인데
빨리 오라고 재촉하는
시계 바늘에도

모두들 자신의 생각이 바빠서
손님이 등 너머에서 보고 있어도
모르지

더위에 지쳐
생각 없이 지낸 오늘이 어제 같은데
잠자리가 불러온 파아란 하늘
흰 구름이 펼쳐진 풍경

내
언덕길 넘어가는 그를 바쁘게는
쫓지 않으리

# 척추관 협착증

한바탕 축제다
무리지은 꽃들이 벙글은 5월의 잔치
서로 수고했다며
정情을 나누는 정경에
행복을 심으려 나온 사람들
하나같이 환하다
꽃들도
사람들을 신기한 듯 관람한다

적색과 백색, 황금빛으로
파안대소를 터뜨리는 장미들도
자세히 보니
혹한을 이기고 나온 아픈 가시를 지니고
웃는데

몸이 아프면
환하던 얼굴도 굴복 당하는 법

오늘 꽃에 취해
활짝 웃고 있는 우리 인생도
몸과 마음 한 곳 아프지 않은 사람은
어디 있겠는가

42,195m, 그 길도 누볐는네
10m만 걸어도 다리가 저리고 아픈
척추관 협착증이라니 하지만
그치지 않는 비가 없듯
이 또한 지나가는 비

# 설해목 雪害木

세상은
치열한 삶의 현주소다
한겨울 눈의 무게에
허리가 동강난 수십 년 생 아름드리 소나무의
처참한 투혼을 본다

잎을 비워낸
부드러운 나무는 끄떡도 없는데
독야청청하던 그 기개로
부러질지언정 휘어지지 않겠다며
죽음을 맞이한 저 집념

억눌리는 힘에
쓰러지면서도
저울질하지 않는 투혼

그가 보여준
정심正心이란
무엇일까

# 좀작살나무

봄여름을
숨어서 지내다
잎이 진 늦가을 겨울에만 얼굴 보이는 수줍은 여인
이름이 작살처럼 생겼다지만
마음은 비단인 그녀

올려다보면 어지러워
아래로 아래로
자신을 낮추는 겸손의 미덕을 지녔고

자수정의 마음으로
포도송이같이
함께 어울리며 살아온
연보라 작은
형제들의 우애와
한겨울
배고픈 생명들을 돌보는
천사의 마음

# 섣달 표정

어두움이 도망간
한강 물에
햇살은 눈부시게 솟아올라
불이 타는데

철길 걸쳐진 다리 위
자동차가 내달리고
긴 꼬리를 단 전동차가 바쁘게 건너도
흐르는 물은 표정도 없다

한 해가 다
지나가는
섣달 마지막 날에도
어깨에 짐을 지고 강을 건너는 군상들

그들을
바라보는 가족들 마음을 가슴에 그리면서
그 귀여운 입들을 위해

침묵 속에
오늘도
부지런히 뛰고 달린다

# 회자정리會者定離

영종도
삼목항 앞바다가 어쩐지 시무룩하다
연육교 건설로 역할을 잃어버릴 여객선 뱃고동도
서글픈 울음이다

지금은
당당하게 섬으로 승객을 나르고 있지만
연육교가 준공되면
자동차가 역할을 대신하며
그동안 수고했다는 인사 한 마디 없을 듯한
인심이다

긴긴 세월
외롭던 섬들을 보듬어 주고 지켜 주었던 바다도
이젠 소외감을 느끼긴 마찬가지

소외감은
당한 자만이 아는 설움이지

두껍게 쌓인 세월이란 무게 앞에는
모든 게 무용지물
역할이 끝나면 뒷방 신세인 걸

이 땅에
씨를 뿌리며
삶의 등대로 지켜 오신
어르신들
역할을 후세에 전하면서
홀연히
떠나가시고

# 경칩

온 겨울
양지쪽에서
눈치만 보던 민들레가 미세한
햇살 온기에
노오란 옷으로 단장을 하고
은밀하게
봄을 유혹한다

꽃샘추위로
긴 겨울 움츠렸던 마음
아직 가시진 않았지만
초목들도
깊은 잠에서 깨어
꽃눈으로
곁눈질하는 걸 보면

경칩은
불면 꺼질 듯
촛불로 다가온 사랑

그 여린 봄의
불쏘시개

김재근 시집

# 기억에도 꽃은 피고

**인쇄** 2026년 1월 10일
**발행** 2026년 1월 20일

**지은이** 김재근
**발행인** 이노나
**펴낸곳** 산사나무
**주 소** 서울특별시 종로구 창덕궁길 146-1, 302호
**전 화** 010-8208-6513
**이메일** sansanamu22@hanmail.net
**출판등록** 제2022-000122호

ISBN  979-11-996754-1-4  03810

값 12,000원